L'Attrape-coeurs

FichesdeLecture.com

L'ATTRAPE-COEURS (FICHE DE LECTURE)   4

I. INTRODUCTION

II. RÉSUMÉ DE L'ŒUVRE

III. PRÉSENTATION DES PERSONNAGES

Holden Caulfield

Phoebe

Allie Caulfield

M. Antolini

Ward Stardlater

Jane Gallagher

IV. AXES DE LECTURE DE L'OEUVRE

Le passage difficile à l'âge adulte

Le mépris de l'hypocrisie

La solitude de Holden

DANS LA MÊME COLLECTION EN NUMÉRIQUE   11

À PROPOS DE LA COLLECTION   19

L'Attrape-cœurs
(Fiche de lecture)

I. INTRODUCTION

L'*Attrape-cœurs* est un roman très célèbre, écrit par J.D Salinger, qui est décédé récemment. Il est publié pour la première fois en 1951, aux États-Unis, et on compte à ce jour plus de 60 millions d'exemplaires vendus à travers le monde.

Il est d'ailleurs enseigné dans de nombreux établissements scolaires, ce qui peut paraître paradoxal lorsque l'on se penche sur le héros de l'œuvre, Holden Caulfield, qui est en réalité... un anti-héros.

II. RÉSUMÉ DE L'ŒUVRE

Dès les premières lignes, le narrateur Holden Caulfield annonce que ses écrits ne doivent pas servir d'autobiographie. On ne sait pas exactement où il se trouve, mais on comprend qu'il est quelque part dans un établissement psychiatrique. Il rappelle ce qu'il lui est arrivé l'hiver précédent. Il est alors élève dans une institution, la Pencey Prep School (en Pennsylvanie), mais c'est un étudiant immature et peu responsable. Il est viré du collège et, avant de quitter les lieux, voit une dernière fois son professeur d'histoire M. Spencer, qui lui prodigue de derniers conseils que le jeune homme n'écoute pas.

De retour à son dortoir, Holden est exaspéré par l'un de ses camarades, Stradlater, qu'il trouve arrogant, et par un dénommé Ackley. Justement, Stradlater a obtenu un rendez-vous avec Jane Gallagher, une jeune fille qu'Holden fréquentait et qu'il admire encore beaucoup.

Il prépare ses bagages en toute hâte et part de l'institution durant la nuit, rejoignant New York par le train. Dans ce même train, il rencontre la mère d'un des étudiants de son école, Ernest Morrow. Il ment alors sur sa véritable identité et l'invite à prendre un verre.

Arrivé à New York, au lieu de retourner au domicile de sa famille, il prend un taxi qui l'emmène à l'Edmont Hôtel, un lieu sordide où il passe la soirée avec trois filles de Seattle. Là, il rencontre Maurice, qui s'occupe de l'ascenseur de l'hôtel, peu de temps après avoir croisé Lillian Simmons, une ancienne petite amie d'un de ses frères aînés. De la fenêtre de sa chambre, il peut observer diverses personnes. Suite à un malentendu avec une prostituée, Sunny, il se fait frapper par son proxénète.

Le dimanche, Holden appelle Sally Hayes, une ancienne de ses conquêtes. Ils proposent de se retrouver à Broadway pour une représentation matinale. Lors de son petit déjeuner, il offre 10 dollars à deux religieuses avec qui il échange quelques mots sur Roméo et Juliette. Puis il recherche sa sœur cadette Phoebe, en vain.

La rencontre avec Sally Hayes tourne mal. Après plusieurs appels (à Carl Luce, notamment) Holden erre deux jours dans la ville. Il se retrouve alors dans un musée et s'arrête devant des statues qui le font méditer sur son existence : elles n'évoluent jamais...

Holden se rend aussi à Central Park, où il observe le lac et ses canards, comme lorsqu'il était enfant. Gelé, il décide de s'introduire dans l'appartement familial pour réveiller Phoebe, qui est finalement, du haut de ses dix ans, la seule personne avec qui il peut vraiment communiquer.

Il est contraint de lui avouer qu'il a été expulsé de son école, ce qui rend sa sœur furieuse. Et lorsqu'il essaie de lui expliquer pourquoi il déteste l'institution scolaire, elle lui réplique que de toute façon, il n'aime rien. Il lui avoue alors son fantasme d'être cet « attrape-cœurs » (le catcher in the rye original), quelqu'un qui empêcherait les petits enfants de tomber du haut d'une falaise lorsqu'ils ne regardent pas où ils vont. Cette idée vient d'un poème de Robert Burns. Mais Phoebe lui rappelle qu'il se souvient mal du poème, et qu'il ne s'agit pas de la bonne interprétation... en tout cas on comprend qu'Holden voudrait en fait empêcher les enfants de grandir et « tomber » dans l'âge adulte, une chute symbolisée par la falaise.

Un peu plus tard, il rend visite à M. Antolini, son ancien enseignant d'anglais. Ils discutent pendant de longues heures, et déjà le professeur sent qu'Holden est proche de la chute... Il lui propose de rester chez lui pour la nuit. Holden se réveille brutalement et part précipitamment, suite à un geste de M. Antolini qu'il estime déplacé, à savoir la main posée sur sa tête, comme une caresse. Il lui faudra un certain temps avant de revenir sur l'interprétation de ce geste, et pour se demander s'il ne s'est pas trompé... en attendant, il part finir sa nuit sur un banc de la gare Grand Central.

Cette fois, Holden est bien décidé à quitter New York. Il avoue son souhait à sa sœur Phoebe, qui veut partir avec lui, ce qu'il refuse. En réalité, il sait bien qu'il n'osera pas aller au bout de son désir. Ensemble, ils se rendent au zoo, ce qui le rend nostalgique lorsqu'il la voir sur un carrousel.

La narration s'arrête à ce stade de l'histoire. Holden refuse de raconter ce qu'il se passe alors pour lui, dans le présent. On comprend qu'il est malade malgré son jeune âge, et évoque un « psychanalyste », ce qui laisse à penser qu'il est dans une structure spéciale. Il avoue aussi que beaucoup de personnes lui manquent, même Stradlater, Ackley et Maurice.

III. PRÉSENTATION DES PERSONNAGES

Holden Caulfield

De nombreux lecteurs se sont identifiés au héros de l'*Attrape-cœur*. Holden est le narrateur du roman, et vient d'une famille new-yorkaise apparemment riche. Il va de pension en pension, et ne cesse d'en être expulsé. Certes, il a de nombreuses caractéristiques adolescentes « classiques », mais cela va plus loin chez Holden, qui fait montre d'un véritable côté autodestructeur, apparemment lié à la mort de son frère Allie. Depuis, un état de crise existentielle marque sa vie et le rend incapable de gérer cette perte au quotidien.

Dès le début du roman, on comprend qu'il en est au stade de troubles psychiatriques déjà avancés. Mais d'autres éléments le caractérisent : il juge facilement tout le monde et toutes les situations, critique, philosophe, mais surtout... Holden s'ennuie profondément face à la vacuité des personnes et de son existence. Cela développe quelques situations au cours desquelles ses remarques suscitent un sourire chez le lecteur, puisqu'il dit par exemple que quelqu'un écrira sûrement « fuck you » sur sa tombe.

Holden qualifie souvent d'hypocrites les gens qui se montrent trop conventionnels ou faux, non pas dans leur manque de sincérité, mais dans leur jeu social quotidien (changer de ton selon le rôle endossé, porter les signes d'une autre classe sociale que la sienne, etc.). Ce terme, chez Holden, est donc lié à la superficialité, ce qui est une critique récurrente du héros à la société.

Sur un autre plan, le personnage de Holden a une attitude particulière par rapport à la sexualité, voire presque obsédée. Nous apprenons qu'il est encore vierge, mais non dépourvu d'intérêt pour la chose, puisqu'il passe une grande partie du roman à essayer de perdre sa virginité. Il a une vision très claire de l'acte sexuel entre deux personnes, puisqu'il pense que deux personnes ne devraient coucher ensemble que si elles entretiennent un lien fort et se respectent entre elles. D'ailleurs, la découverte du caractère possiblement anodin de cette sexualité (à travers le personnage de Stradlater) le bouleverse profondément.

Il est aussi perturbé par le fait qu'il puisse être attiré par des femmes qu'il ne connaît pas très bien, ou qu'il ne respecte pas, comme la touriste blonde avec laquelle il danse, ou encore Sally Hayes, qu'il trouve pourtant « stupide ». De même, des pratiques observées le font s'interroger sur son goût pour des actes peu conventionnels.

Enfin, et c'est un élément important de sa personnalité, son nom en anglais (Caulfield) comporte le terme « Caul », qui désigne aussi une membrane recouvrant la tête du foetus pendant la grossesse. Cela pourrait symboliser le caractère coincé dans l'enfance et aveugle du jeune homme, qui n'arrive pas à se projeter dans l'âge adulte.

Phoebe

Phoebe est la sœur de Holden. Elle est plus jeune que lui (9 ans), mais se montre plus intelligente et mature que la plupart des jeunes de son âge. Elle est l'une des seules à comprendre le désespoir de son frère.

Lorsqu'elle lui raconte sa vie, Holden lui prête véritablement une oreille attentive. Et en général, il accorde énormément de respect et de gentillesse à sa jeune sœur, bien plus qu'à n'importe quel autre personnage de l'œuvre.

De son côté, la jeune Phoebe a bien compris que le lien qui maintenait son frère à la réalité est de plus en plus étroit. Elle s'oppose en cela à ses parents, car elle sait qu'il est en lutte permanente, et non pas un « simple » rebelle qui se fait expulser école après école.

Pour autant, Phoebe est loin d'être passive et naïve, ce qui ferait sombrer le roman dans un manichéisme contre-productif. Elle n'hésite pas à se mettre en colère lorsque la situation la dérange, ou quand le comportement de son frère lui paraît trop poussé. Elle joue aussi un autre rôle, auprès du lectorat cette fois : en tant que lecteurs, nous savons qu'elle connaît mieux Holden que quiconque et nous avons tendance à suivre ses jugements.

Au final, c'est la volonté de Phoebe de le suivre où qu'il parte qui semble réveiller Holden et lui faire comprendre qu'il ne peut pas donner suite à ses tendances destructrices. La peur de voir Phoebe souffrir l'emporte : elle réussit donc partiellement à détruire l'image idéalisée qu'il a d'une coupure nette entre monde adulte et monde de l'enfance.

Allie Caulfield

Il s'agit de leur frère, mort prématurément d'une leucémie, ce qui a bouleversé Holden et lui a fait perdre sa capacité à réellement aimer quelqu'un sans être terrifié par sa perte.

M. Antolini

Ancien professeur de Holden, il lui permet de passer la nuit chez lui. Ils discutent beaucoup ensemble. Antolini est un homme encore jeune, personnage sympathique et intelligent. C'est l'un des personnages qui anticipe le mieux la chute de l'adolescent, son dérapage à venir. Holden se réveille pendant la nuit, et surprend Antolini avec sa main sur sa tête, ce qu'il interprète probablement à tort comme un geste sexuel. Cela le fait méditer sur sa propre existence, et qu'il craint par moments d'être lui-même homosexuel. Finalement, il regrettera son jugement hâtif.

Ward Stardlater

Holden le trouve, contrairement aux apparences, sale et irrespectueux. Il s'agit de son camarade de chambre en pension, un garçon qui multiplie les conquêtes féminines.

Jane Gallagher

Elle n'apparaît jamais dans le roman, mais est une jeune femme importante dans l'existence d'Holden après qu'ils aient passé plusieurs étés ensemble.

IV. AXES DE LECTURE DE L'OEUVRE

Le passage difficile à l'âge adulte

La plupart des analyses littéraires sur *L'Attrape-cœurs* soulignent qu'il s'apparente beaucoup à un roman de formation. Toutefois, si beaucoup d'éléments viennent étayer cette thèse (un jeune homme qui se confronte au chemin pénible vers l'âge adulte), Holden en diffère sur quelques points. En effet, son objectif principal est de lutter contre la maturité elle-même, ce qui sera plus explicite lorsque nous reviendrons sur sa vision de l'hypocrisie des adultes.

Sa contemplation des statues au Musée d'Histoire Naturelle nous en dévoile plus sur sa conception des choses : il voudrait évoluer dans un monde aisément compréhensible, fixé une bonne fois pour toutes, à l'image des sculptures qu'il contemple.

Mais au lieu de reconnaître qu'il s'agit surtout d'une peur qui le terrasse, Holden s'est inventé un monde fantasmé au sein duquel le fait d'être adulte signifie être hypocrite et superficiel, face à une enfance qui serait un pur univers d'innocence, de sincérité et de curiosité. C'est bien cela qui se ressent dans l'interprétation de son souhait d'être l'attrape-cœurs de jeunes enfants sur le point de tomber de la falaise. Peu à peu toutefois, ses expériences et les personnes qu'il revoit vont lui ouvrir (partiellement) les yeux.

Holden reste cependant persuadé d'une perte terrible de l'innocence lorsque l'on parvient à une certaine maturité. Tout semble d'ailleurs découler de la mort de son frère Allie, qui meurt « pour rien » fauché en pleine innocence. Il y a donc une véritable perte de sens à l'origine de ses troubles.

Le mépris de l'hypocrisie

L'une des cibles favorites de Holden est l'hypocrisie, un comportement qu'il ne manque jamais de reprocher aux personnes qu'il croise sur son chemin, à la pension comme dans la ville de New York. Or, selon lui, c'est une caractéristique intrinsèque au monde adulte, ce qui accentue sa peur d'y basculer.

Non seulement les adultes sont hypocrites, mais en plus ils n'en ont pas conscience, ce qui aggrave leur cas dans les yeux du héros.

Ne transformons pas pour autant Holden en jeune manichéiste incapable de voir la réalité telle qu'elle est. Sa peur n'empêche pas qu'il soit un narrateur avisé, observateur précis des situations qu'il croise. Il est d'autant plus révolté qu'il voit des personnes reconnues socialement du seul fait qu'elles ont été assez habiles pour se faire passer pour ce qu'elles ne sont pas.

La solitude de Holden

Holden est un adolescent très isolé, au sens de solitaire. Aucune figure parentale et d'autorité ne fait réellement partie de sa vie (il revient simplement voir sa jeune sœur...). Pas de parents au domicile familial dont il s'éloigne, et aucun adulte marquant dans sa pension initiale... Holden est bel et bien livré à lui-même.

Cette solitude est certes, souvent, une caractéristique de l'adolescent à son âge. Mais chez le héros, elle est amplifiée au point de provoquer l'errance et le désespoir, entrecoupés de scènes profondément nostalgiques qui lui arrachent presque les larmes des yeux.

Sa solitude provoque aussi un fossé profond entre le monde qu'il observe, qui le dégoûte tout en le fascinant, et ses propres conceptions intérieures.

Dans la même collection en numérique

Les Misérables
Le messager d'Athènes
Candide
L'Etranger
Rhinocéros
Antigone
Le père Goriot
La Peste
Balzac et la petite tailleuse chinoise
Le Roi Arthur
L'Avare
Pierre et Jean
L'Homme qui a séduit le soleil
Alcools
L'Affaire Caïus
La gloire de mon père
L'Ordinatueur
Le médecin malgré lui
La rivière à l'envers - Tomek
Le Journal d'Anne Frank
Le monde perdu
Le royaume de Kensuké
Un Sac De Billes
Baby-sitter blues
Le fantôme de maître Guillemin
Trois contes
Kamo, l'agence Babel
Le Garçon en pyjama rayé
Les Contemplations

Escadrille 80

Inconnu à cette adresse

La controverse de Valladolid

Les Vilains petits canards

Une partie de campagne

Cahier d'un retour au pays natal

Dora Bruder

L'Enfant et la rivière

Moderato Cantabile

Alice au pays des merveilles

Le faucon déniché

Une vie

Chronique des Indiens Guayaki

Je voudrais que quelqu'un m'attende quelque part

La nuit de Valognes

Œdipe

Disparition Programmée

Education européenne

L'auberge rouge

L'Illiade

Le voyage de Monsieur Perrichon

Lucrèce Borgia

Paul et Virginie

Ursule Mirouët

Discours sur les fondements de l'inégalité

L'adversaire

La petite Fadette

La prochaine fois

Le blé en herbe

Le Mystère de la Chambre Jaune

Les Hauts des Hurlevent

Les perses

Mondo et autres histoires

Vingt mille lieues sous les mers

99 francs

Arria Marcella

Chante Luna

Emile, ou de l'éducation
Histoires extraordinaires
L'homme invisible
La bibliothécaire
La cicatrice
La croix des pauvres
La fille du capitaine
Le Crime de l'Orient-Express
Le Faucon malté
Le hussard sur le toit
Le Livre dont vous êtes la victime
Les cinq écus de Bretagne
No pasarán, le jeu
Quand j'avais cinq ans je m'ai tué
Si tu veux être mon amie
Tristan et Iseult
Une bouteille dans la mer de Gaza
Cent ans de solitude
Contes à l'envers
Contes et nouvelles en vers
Dalva
Jean de Florette
L'homme qui voulait être heureux
L'île mystérieuse
La Dame aux camélias
La petite sirène
La planète des singes
La Religieuse
1984 A l'Ouest rien de nouveau
Aliocha
Andromaque
Au bonheur des dames
Bel ami
Bérénice
Caligula
Cannibale
Carmen

Chronique d'une mort annoncée
Contes des frères Grimm
Cyrano de Bergerac
Des souris et des hommes
Deux ans de vacances
Dom Juan
Electre
En attendant Godot
Enfance
Eugénie Grandet
Fahrenheit 451
Fin de partie
Frankenstein
Gargantua
Germinal
Hamlet
Horace
Huis Clos
Jacques le fataliste
Jane Eyre
Knock
L'homme qui rit
La Bête humaine
La Cantatrice Chauve
La chartreuse de Parme
La cousine Bette
La Curée
La Farce de Maitre Pathelin
La ferme des animaux
La guerre de Troie n'aura pas lieu
La leçon
La Machine Infernale
La métamorphose
La mort du roi Tsongor
La nuit des temps
La nuit du renard
La Parure

La peau de chagrin

La Petite Fille de Monsieur Linh

La Photo qui tue

La Plage d'Ostende

La princesse de Clèves

La promesse de l'aube

La Vénus d'Ille

La vie devant soi

L'alchimiste

L'Amant

L'Ami retrouvé

L'appel de la forêt

L'assassin habite au 21

L'assommoir

L'attentat

L'attrape-coeurs

Le Bal

Le Barbier de Séville

Le Bourgeois Gentilhomme

Le Capitaine Fracasse

Le chat noir

Le chien des Baskerville

Le Cid

Le Colonel Chabert

Le Comte de Monte-Cristo

Le dernier jour d'un condamné

Le diable au corps

Le Grand Meaulnes

Le Grand Troupeau

Le Horla

Le jeu de l'amour et du hasard

Le Joueur d'échecs

Le Lion

Le liseur

Le malade imaginaire

Le Mariage de Figaro

Le meilleur des mondes

Le Monde comme il va

Le Parfum

Le Passeur

Le Petit Prince

Le pianiste

Le Prince

Le Roman de la momie

Le Roman de Renart

Le Rouge et le Noir

Le Soleil des Scortas

Le Tartuffe

Le vieux qui lisait des romans d'amour

L'Ecole des Femmes

L'Ecume Des Jours

Les Bonnes

Les Caprices de Marianne

Les cerfs-volants de Kaboul

Les contes de la Bécasse

Les dix petits nègres

Les femmes savantes

Les fourberies de Scapin

Les Justes

Les Lettres Persanes

Les liaisons dangereuses

Les Métamorphoses

Les Mouches

Les Trois mousquetaires

L'étrange cas du Dr Jekyll et de Mr Hyde

L'Ile Au Trésor

L'île des esclaves

L'illusion comique

L'Ingénu

L'Odyssée

L'Ombre du vent

Lorenzaccio

Madame Bovary

Manon Lescaut

Micromégas

Mon ami Frédéric

Mon bel oranger

Nana

Ne tirez pas sur l'oiseau moqueur

Notre-Dame de Paris

Oliver twist

On ne badine pas avec l'amour

Oscar et la dame rose

Pantagruel

Le Misanthrope

Perceval ou le conte du Graal

Phèdre

Ravage

Roméo et Juliette

Ruy Blas

Sa Majesté des Mouches

Si c'est un homme

Stupeur et tremblements

Supplément au voyage de Bougainville

Tanguy

Thérèse Desqueyroux

Thérèse Raquin

Ubu Roi

Un Barrage contre le Pacifique

Un long dimanche de fiançailles

Un secret

Vendredi ou la vie sauvage

Vipère au poing

Voyage au bout de la nuit

Voyage au centre de la terre

Yvain ou le Chevalier au lion

Zadig

À propos de la collection

La série FichesdeLecture.com offre des contenus éducatifs aux étudiants et aux professeurs tels que : des résumés, des analyses littéraires, des questionnaires et des commentaires sur la littérature moderne et classique. Nos documents sont prévus comme des compléments à la lecture des oeuvres originales et aide les étudiants à comprendre la littérature.

Fondé en 2001, notre site FichesdeLectures.com s'est développé très rapidement et propose désormais plus de 2500 documents directement téléchargeables en ligne, devenant ainsi le premier site d'analyses littéraires en ligne de langue française.

FichesdeLecture est partenaire du Ministère de l'Education du Luxembourg depuis 2009.

Plus d'informations sur www.fichesdelecture.com

ISBN: 978-2-511-02849-0

Notes :